El ángulo ganador

Entender ángulos

Julia Wall

Créditos de publicación

Editora
Sara Johnson

Directora editorial
Dona Herweck Rice

Editora en jefe
Sharon Coan, M.S.Ed.

Directora creativa
Lee Aucoin

Editora comercial
Rachelle Cracchiolo, M.S.Ed.

Créditos de imagen

La autora y los editores desean agradecer y reconocer a quienes otorgaron su permiso para la reproducción de materiales protegidos por derechos de autor: portada, The Photo Library; pág. 1 Getty Images; pág. 4 (izquierda) Alamy, (derecha) Shutterstock; pág. 5 Shutterstock; pág. 8 Shutterstock; pág. 10 Shutterstock; pág. 13 Shutterstock; pág. 14 Getty Images; pág. 15 Corbis; pág. 16 (arriba) Shutterstock, (abajo) Corbis; pág. 17 The Photo Library; pág. 19 Corbis; pág. 20 Getty Images; pág. 24 Corbis; pág. 26 Bigstock; pág. 27 Getty Images.

Si bien se ha hecho todo lo posible para buscar la fuente y reconocer el material protegido por derechos de autor, los editores ofrecen disculpas por cualquier incumplimiento accidental en los casos en que el derecho de autor haya sido imposible de encontrar. Estarán complacidos de llegar a un acuerdo idóneo con el propietario legítimo en cada caso.

Teacher Created Materials

5301 Oceanus Drive
Huntington Beach, CA 92649-1030
http://www.tcmpub.com
ISBN 978-1-4938-2946-0

Contenido

Ángulos en los deportes 4

Más sobre los ángulos 5

En el momento justo 8

¡Al bate! 13

En el balón 17

Hacer una canasta 20

Ángulos en el campo de juego 23

La práctica hace al maestro 26

Actividad de resolución de problemas . . 28

Glosario 30

Índice 31

Respuestas 32

Ángulos en los deportes

¿Te gusta jugar juegos o practicar deportes que empleen pelotas? Si lo haces, entonces conoces la importancia de pasar, golpear o patear el balón en el **ángulo** correcto.

Lograr el ángulo correcto significa asegurarte de que el balón se dirija en la dirección correcta desde donde partió. Esto les ayudará a ti o a tu equipo a marcar un punto o evitar a un **oponente**.

Más sobre los ángulos

Posiblemente conozcas la importancia de los ángulos en los deportes y juegos de pelota. Pero también necesitas entender qué son los ángulos.

Un ángulo es la apertura o la cantidad de giro entre 2 segmentos de línea o rayas que se encuentran en un punto común. Este punto se llama **vértice**. En los deportes, el vértice de un ángulo puede encontrarse en muchos lugares. A menudo es la pelota, el arco o la canasta.

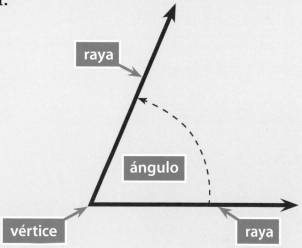

raya

ángulo

vértice

raya

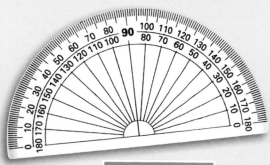

transportador

Los ángulos pueden medirse. Usamos la unidad de medida *grados* cuando hablamos del tamaño de un ángulo. El símbolo para los grados es un círculo pequeño (°). Los ángulos suelen medirse usando herramientas llamadas transportadores.

Nombres de los ángulos

Hay distintos tipos de ángulos. Reciben diferentes nombres, según su tamaño.

En algunos deportes, los atletas deben patear hacia el arco. A menudo, el atleta se encuentra en ángulo agudo respecto al arco. ¿Qué significa en realidad eso? ¿Qué es un ángulo agudo?

ángulo agudo

La medida de un ángulo agudo es mayor que 0° y menor que 90°. El arco se considera el vértice. Por lo tanto, si un atleta está en "ángulo agudo respecto al arco", éste se encuentra parado en alguna parte entre 0° y 90° entre la línea del arco y el arco.

Un ángulo llano, o lineal, mide 180°. Aquí, un atleta estaría parado en la línea del arco.

180°

ángulo llano

Este diagrama muestra a un jugador de balompié en ángulo agudo respecto al arco.

Este diagrama muestra a un jugador de balompié en ángulo llano respecto al arco.

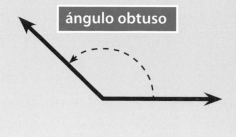

ángulo obtuso

La medida de un ángulo obtuso es mayor que 90° y menor que 180°. Aquí, un atleta estaría parado entre 90° y 180° entre la línea del arco y el arco.

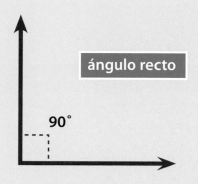

ángulo recto

90°

Un ángulo recto mide 90°. Se dice que los 2 segmentos de línea o rayas que se unen en un ángulo recto son **perpendiculares**. Aquí, el atleta estaría parado directamente al frente del arco.

EXPLOREMOS LAS MATEMÁTICAS

Usa lo que has aprendido sobre los ángulos para responder estas preguntas.

¿Qué nombre recibe un ángulo:

a. que mide 16°? **c.** que mide 167°?

b. que mide 90°? **d.** que mide 45°?

En el momento justo

El juego de billar básicamente se trata de ángulos. Usas un **taco** para golpear la bola blanca contra otra bola. Esta otra bola se llama bola objetivo. La finalidad del billar es introducir la bola objetivo en una de las 6 troneras de la mesa de billar.

El juego de billar se basa en un juego muy antiguo que se jugaba sobre el césped. La mesa de billar está cubierta por un paño verde para que se asemeje al césped.

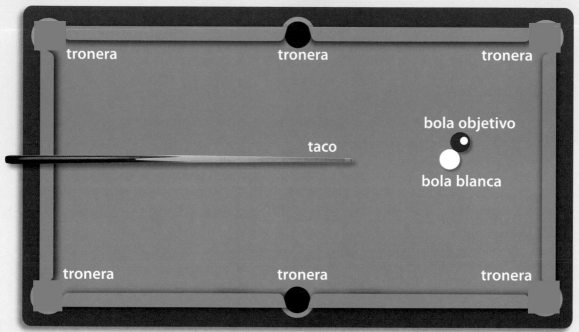

tronera   tronera   tronera

bola objetivo

taco

bola blanca

tronera   tronera   tronera

Se requiere práctica para lograr que la bola objetivo se introduzca en una tronera. Debes golpear la bola objetivo en el ángulo correcto para que ésta ingrese a la tronera. Para hacerlo, necesitas calcular en qué parte de la bola objetivo debe pegar la bola blanca. El vértice del ángulo es el lugar donde chocan las 2 bolas.

Para lograr que una bola objetivo se introduzca en una tronera, debes calcular el ángulo entre la bola blanca y la tronera. Al calcular el ángulo, tu bola objetivo es el vértice.

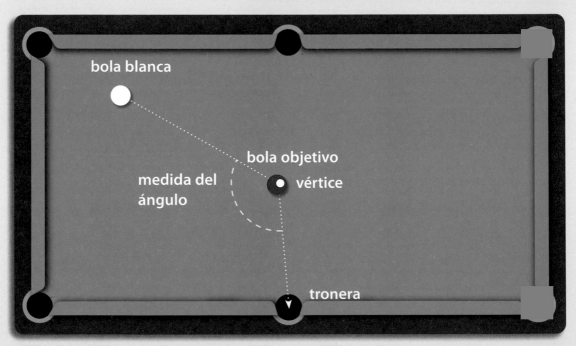

bola blanca

bola objetivo

medida del ángulo

vértice

tronera

Tiros llanos

Los tiros llanos son bastante más simples. No debes preocuparte por calcular los ángulos. La bola blanca debe golpear el centro de la bola objetivo. Luego, la bola objetivo rodará en una línea llana de 180° hacia la tronera.

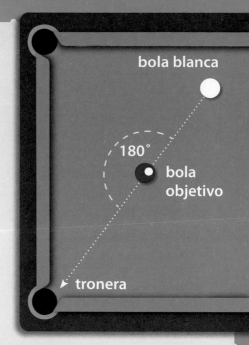

bola blanca

180°

bola objetivo

tronera

EXPLOREMOS LAS MATEMÁTICAS

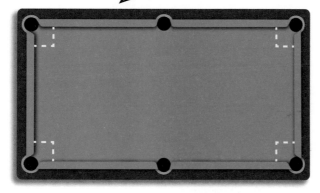

Usa el diagrama anterior para responder estas preguntas.

a. ¿Cuánto mide el ángulo de cada vértice de la mesa?

b. ¿Cuál es la suma de los ángulos de la mesa?

c. ¿Qué te dice esto sobre la suma de los ángulos de todos los rectángulos?

Tiros en ángulo

Los tiros que no son llanos son más difíciles de hacer.
Debes calcular los ángulos. Para formar el ángulo
correcto, la bola blanca debe golpear el lado de la bola
objetivo. Esto hace que la bola objetivo se desplace en
un ángulo y se aleje de la bola blanca.

Un tiro en ángulo recto es muy difícil de hacer. Esto
es a 90° respecto a la tronera. Para hacer este tiro,
la bola blanca debe apenas golpear el lado de la bola
objetivo.

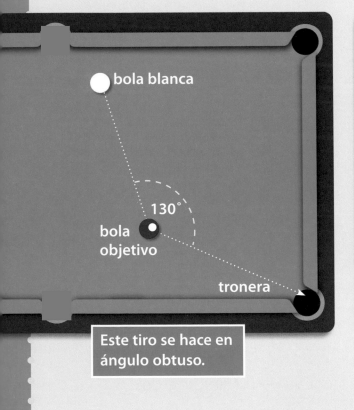

Este tiro se hace en ángulo obtuso.

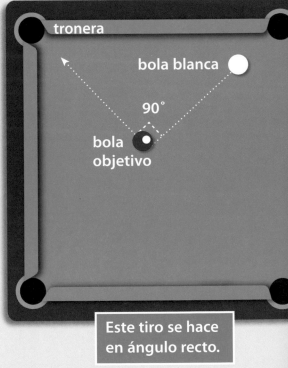

Este tiro se hace en ángulo recto.

¡Al bate!

Los juegos de béisbol son muy divertidos. Los gritos de la multitud se suman a la emoción que se siente cuando el bateador se acerca al plato. A veces, la pelota se golpea fuerte y llega a la tribuna. Los juegos de béisbol son **intensos** dado que cada equipo trata de lograr la mayor cantidad de carreras.

Los jugadores profesionales de béisbol usan bates fabricados de madera. Los bates suelen pesar alrededor de 33 onzas (1 kg).

Todo en el ángulo

En el béisbol, el lanzador tira la pelota. Para tirar un strike, tira la pelota sobre el plato. Un buen lanzador sabe cómo **posicionar** el brazo en el ángulo correcto. El lanzador también sabe cómo usar el **giro** para que la pelota se mueva en curva y caiga en un ángulo agudo cuando llegue al plato.

Esta lanzadora está decidiendo qué tipo de lanzamiento usar.

EXPLOREMOS LAS MATEMÁTICAS

Los siguientes diagramas muestran los ángulos formados por el brazo y el antebrazo de un jugador de béisbol. Está por lanzar la bola. Identifica el tipo de ángulo y estima la medida del ángulo.

a.

b.

El lanzador, con el brazo a un ángulo de 90°, se prepara para lanzar una bola curva.

El ángulo del brazo del lanzador es importante en el béisbol. Este es el ángulo entre la cabeza y la parte superior del brazo del lanzador. El cuello del lanzador funciona como el vértice del ángulo.

Una bola curva es difícil de golpear para el bateador. Para lanzar una buena bola curva, el lanzador debe sostener la bola de manera especial. Hay 2 ángulos que son muy importantes al lanzar una bola curva. El ángulo entre la cabeza y la parte superior del brazo del lanzador debe ser de 90°. El ángulo formado entre la parte superior del brazo y el antebrazo también debe ser de 90°.

Cómo lograr un bateo de línea

La cadera, el hombro y la cabeza del bateador deben estar apuntando al lanzador. Muchos expertos dicen que el bate debe sostenerse a un ángulo agudo de 45° a lo largo del hombro del bateador.

Un buen golpe en el béisbol se llama *línea*. La línea consiste en pegarle a la pelota bajo y rápido. Para lograr un bateo de línea, debes mirar la bola desde arriba. A medida que giras, el ángulo del bate también debe ser descendente.

Bateo de línea

Un bateador de fuerza

Edgar Martínez se considera uno de los mejores bateadores de la historia, a pesar de su "loco" estilo de bateo. Solía sostener su bate en un ángulo extraño, en posición alta sobre la cabeza. No obstante, Martínez tenía potencia y podía golpear la bola y enviarla a cualquier parte del campo.

En el balón

El balompié es un juego dinámico y los jugadores usan muchas habilidades diferentes. Cada equipo tiene un arquero y 10 jugadores más. Los equipos deben patear el balón a una red para marcar un gol. El equipo que marque la mayor cantidad de goles gana el partido. El arquero puede evitar que la pelota ingrese a la red con cualquier parte de su cuerpo. Los jugadores suelen tratar de patear la pelota alto y en ángulo, de manera que al arquero le resulte difícil bloquearla.

En la mayoría de los países del mundo, el deporte de balompié también se conoce como fútbol.

Comba del balón

Hacer una comba o patear el balón en ángulo para llegar al fondo del arco es difícil. Requiere de mucha práctica. Tienes que moverte hacia el balón en ángulo hacia el arco. Para lograr el mejor golpe, tienes que correr con el balón en ángulo respecto al arco y no en línea recta hacia él. Cuando das el golpe, el pie que patea no debe estar directamente de frente hacia el arco. Puedes usar la parte interna o externa del pie para pegarle al balón.

EXPLOREMOS LAS MATEMÁTICAS

Los siguientes diagramas muestran ángulos que puede usar un jugador de balompié para hacer un gol. La parte punteada del ángulo muestra el modo en que el jugador se acercó al balón. La parte sólida del ángulo muestra la trayectoria del balón luego de haberlo pateado. Identifica cada tipo de ángulo.

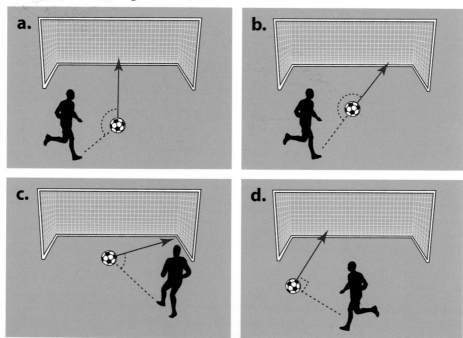

Pase del balón

Un buen pase de balompié se llama pase corto.
Es una manera muy **precisa** de pasar el balón. Es
muy importante el ángulo del tobillo. Mantén el pie
aproximadamente a 90° respecto a la parte inferior de la
pierna. Gira la pierna con la que patearás y "empuja" la
pelota usando la parte interna del pie.

Hacer una canasta

El baloncesto es un juego prácticamente de acción continua. Dos equipos de 5 jugadores mueven el balón en la cancha, principalmente mediante **dribles** y pases. Cada uno de los equipos marca puntos lanzando el balón dentro de la canasta. El ángulo y la velocidad con la que se lanza el balón determinan si éste hace la canasta o no.

línea de tiro libre

En el baloncesto profesional, la distancia desde la línea de tiro libre hasta el aro es de 15 pies (4.5 m).

Tiro agudo

El punto en el que un lanzador de baloncesto lanza el balón se llama "punto de **lanzamiento**". Es mejor tener un punto de lanzamiento alto cuando se pretende llegar al aro.

Un punto de lanzamiento bajo significa que el balón ingresará a la canasta con un ángulo bajo. Un ángulo bajo es de 30° a 50°, con el aro como el vértice. Un ángulo bajo constituye un objetivo más pequeño para que el balón atraviese el aro. Esto reduce las posibilidades de lograr una canasta.

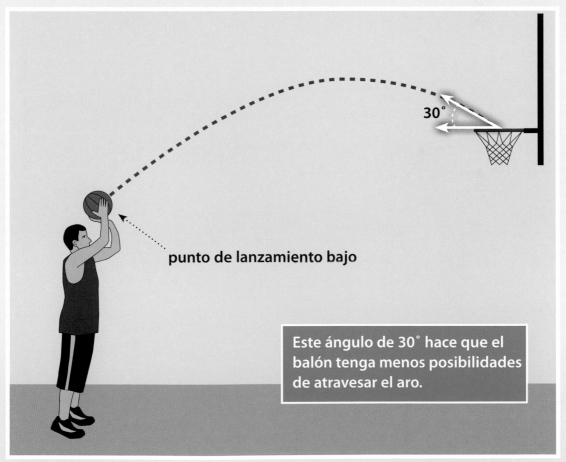

30°

punto de lanzamiento bajo

Este ángulo de 30° hace que el balón tenga menos posibilidades de atravesar el aro.

Un punto de lanzamiento alto aumenta el ángulo
con el que el balón atraviesa el aro. Esto incrementa las
posibilidades del lanzador que hace el tiro. Un balón
que cae en la canasta en un ángulo de 70° a 90° tiene un
objetivo más grande para atravesar.

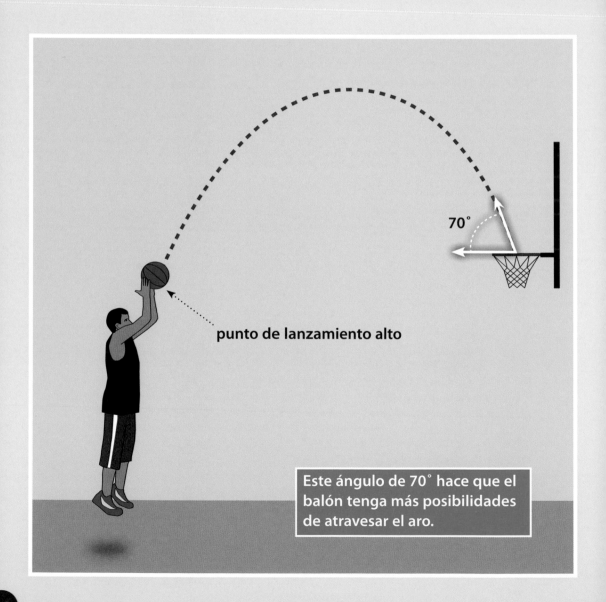

70°

punto de lanzamiento alto

Este ángulo de 70° hace que el
balón tenga más posibilidades
de atravesar el aro.

Ángulos en el campo de juego

En los deportes y juegos los ángulos están realmente en todas partes. Los ángulos también pueden encontrarse en los espacios donde se juegan juegos y se practican deportes.

Este campo de balompié es una figura rectangular, de manera que tiene 4 esquinas principales. Cada esquina, o vértice, es un ángulo recto. El área del arco también es rectangular y tiene ángulos rectos. Algunas de las líneas de un campo de balompié son perpendiculares. Esto significa que el punto en el que se cruzan entre sí forma ángulos rectos.

En muchos lugares del mundo, el campo de balompié se llama cancha.

El cuadro de un diamante de béisbol tiene forma de cuadrado. Si trazaras una **línea de simetría** en el cuadrado, verías 2 triángulos. Todos los triángulos tienen 3 ángulos.

línea de simetría

Los triángulos pueden ser nombrados según el tamaño de sus ángulos. Un triángulo agudo tiene 3 ángulos que miden menos de 90°. Un triángulo obtuso tiene un ángulo que mide más de 90°. El triángulo rectángulo tiene un ángulo que mide 90°.

EXPLOREMOS LAS MATEMÁTICAS

Todas las figuras cerradas tienen ángulos **interiores**. Estos son los ángulos del interior de una figura. Este triángulo tiene 3 ángulos agudos.

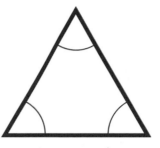

Identifica los ángulos interiores de estas figuras.

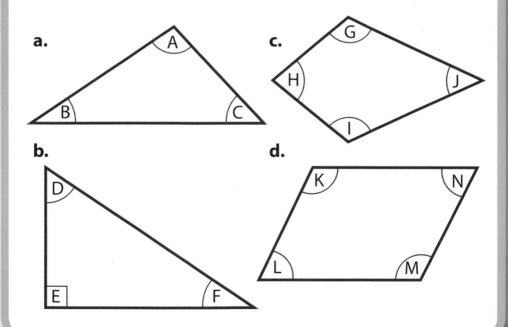

a.

c.

b.

d.

La práctica hace al maestro

¡Es importante practicar! El ángulo en el que un atleta mantiene el cuerpo respecto a la pelota y la golpea, pega o pasa es importante. Esto le permitirá realizar tiros precisos para marcar puntos o pasarle la pelota a un compañero de equipo. Un ángulo incorrecto puede hacer que el oponente se quede con la pelota. O la pelota puede salirse de los límites del juego.

Los bateadores exitosos "recuerdan" cómo se siente la posición correcta del cuerpo. De esa manera, solamente deben concentrarse en mirar la pelota que se acerca a ellos.

Los atletas deben tener las habilidades para poner en práctica un ángulo ganador. Practican el mismo tiro una y otra vez, de manera que puedan hacerlo sin pensar. Cada vez que veas a un atleta pegándole a una pelota, golpeándola o pateándola en ángulo ganador, puedes estar seguro de que dedicó muchas horas de práctica para lograrlo.

Esta jugadora de balompié usa el cuerpo para proteger la pelota de la oponente. Rápidamente le pasará la pelota a otra jugadora de su equipo.

Ángulos en los triángulos

Jada y su clase deben resolver un problema de matemáticas. Deben demostrar que la suma de los ángulos interiores de *todos* los triángulos siempre será igual a 180°. Pero no pueden usar un transportador como ayuda.

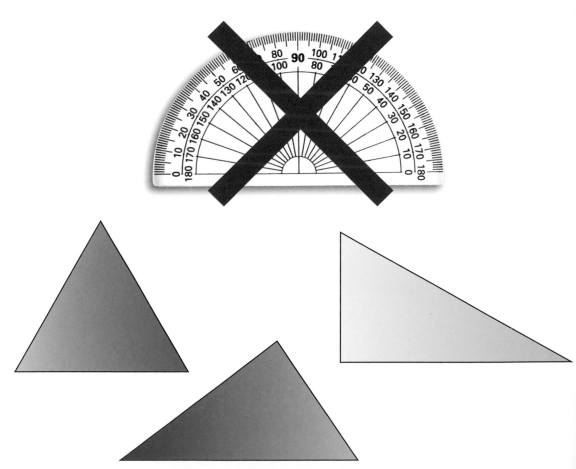

¡Resuélvelo!

¿Cómo puedes demostrar que la suma de los ángulos interiores de un triángulo siempre será igual a 180°? *Pista*: Al igual que Jada y su clase, no puedes usar transportador. Usa los siguientes pasos como ayuda para obtener tu respuesta.

Paso 1: Usa una regla para dibujar un triángulo. Puede ser cualquier tipo de triángulo. Marca y rotula los ángulos interiores. Recorta los ángulos del triángulo tal como se muestra a continuación por las líneas punteadas.

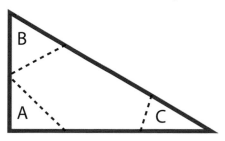

Paso 2: Dibuja una línea recta. Un ángulo llano mide 180°. Marca un ángulo llano en la siguiente línea.

Paso 3: Ubica los ángulos recortados en la línea con los vértices sobre la línea recta. ¿Encajan los ángulos exactamente?

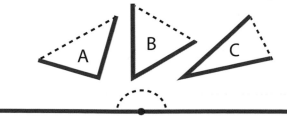

Glosario

ángulo: la apertura o la cantidad de giro entre 2 segmentos de línea o rayas

dribles: movimientos del balón hacia delante con rebotes cortos

giro: la contorsión rápida de una pelota a medida que ésta avanza

intensos: que tienen mucha actividad y sentimiento

interiores: internos

lanzamiento: acción de soltar

línea de simetría: una línea trazada en una figura que permite que cada mitad de la figura sea exactamente igual

oponente: jugador del otro equipo

perpendiculares: que se encuentran o cruzan para formar un ángulo recto

posicionar: ubicar algo

precisa: sin errores

taco: palo largo con punta de cuero, que se usa para pegarle a las bolas en una mesa de billar

vértice: el punto en el que se encuentran 2 segmentos de línea o rayas

Índice

ángulo agudo, 6, 25

ángulo llano, 6

ángulo obtuso, 7, 12, 25

ángulo recto, 7, 12, 23, 25

ángulos interiores, 25

arco, 5, 6, 7, 17, 18, 23

aro, 20, 21, 22

arquero, 17

atletas, 6, 7, 26–27

balompié, 17–19, 23

baloncesto, 20–22

bateador, 13, 14, 16

béisbol, 13–16, 24

bola blanca, 8–12

bola curva, 15

bola objetivo, 8–12

campos de juego, 23–25

canasta, 5, 20, 21

dribles, 20

giro, 14

juego de billar, 8–12

lanzador, 14, 15, 16

línea, 16

Martínez, Edgar, 16

oponente, 4

pase corto, 19

patear, 18–19

perpendicular, 7, 23

punto de lanzamiento, 21, 22

simetría, 24

taco, 8, 9

tiro, 21, 22, 26, 27

transportadores, 5

triángulo, 24, 25

vértice, 5, 6, 9, 10, 11, 15, 21, 23

Exploremos las matemáticas

Página 7:
a. ángulo agudo
b. ángulo recto
c. ángulo obtuso
d. ángulo agudo

Página 11:
a. Cada vértice tiene una medida de ángulo de 90° (ángulo recto).
b. 90° + 90° + 90° + 90° = 360°
c. La suma de los ángulos de todos los rectángulos es 360°.

Página 14:
a. ángulo obtuso; las respuestas variarán, pero deben estar entre 90° y 180°.
b. ángulo agudo; las respuestas variarán, pero deben ser menores de 90°.

Página 18:
a. ángulo obtuso
b. ángulo llano
c. ángulo agudo
d. ángulo recto

Página 25:
a. A = ángulo obtuso; B = ángulo agudo; C = ángulo agudo
b. D = ángulo agudo; E = ángulo recto; F = ángulo agudo
c. G = ángulo obtuso; H = ángulo agudo; I = ángulo obtuso; J = ángulo agudo
d. K = ángulo obtuso; L = ángulo agudo; M = ángulo obtuso; N = ángulo agudo

Actividad de resolución de problemas

Todos los ángulos interiores deberían encajar en la línea recta, que mide 180°.
Por lo tanto, la suma de los ángulos es 180°.